Si tu ne parviens pas à déchiffrer les messages codés, pas de panique ! Tu pourras trouver la solution à la fin du livre.

FLEURUS

Direction : Guillaume Pô
Direction éditoriale : Sarah Malherbe
Édition : Raphaële Glaux
Conception graphique, intérieur et couverture : Studio Primo&Primo
Mise en pages et déclinaison de la couverture : Virginie Langlais
Correction : Aurélie Lacombe
Direction de fabrication : Thierry Dubus
Fabrication : Sonia Roméo

www.fleuruseditions.com
ISBN : 978-2-2151-8236-8
MDS : FS82368

CHARLOTTE GROSSETÊTE
& EL GUNTO

MÈNE TON ENQUÊTE

Dans la station spatiale

FLEURUS

CHAPITRE 1

Bienvenue sur Edenos

« Atterrissage imminent sur exoplanète Edenos. »

Au son du message électronique, Ambre jaillit de derrière le siège où elle se trouvait à genoux.

– Qu'est-ce que tu fabriquais ? s'amuse son père, le professeur Castor, astrophysicien célèbre.

– Je croyais entendre des grattements sous le sol, alors je guettais, répond Ambre très sérieusement.

Le professeur sourit. Voilà six mois qu'Ambre et lui ont décollé de la Terre pour voyager vers Edenos. Pour tromper son ennui pendant ce long voyage, Ambre s'est inventé des enquêtes policières et des mystères à élucider.

Le professeur Castor jette un œil à l'écran de contrôle et s'exclame d'un air malicieux :

– Je vais te laisser gérer l'atterrissage.

– Tu plaisantes, papa ?

– Tu en es capable, et c'est un excellent exercice. Je t'aiderai, ne t'inquiète pas.

Ambre s'assied devant l'écran, intimidée. On distingue Edenos au milieu de l'espace, auréolée d'un anneau de poussière d'étoiles.

– Elle est belle, souffle Ambre.

– Nous y serons heureux, et utiles aussi, promet son père.

Le professeur Castor a accepté un poste de chercheur sur Edenos. Il est sur le point de découvrir une planète dotée de composants uniques. Ceux-ci seraient capables de guérir toutes sortes de maladies, comme peut-être celle qui a emporté son épouse il y a bien longtemps, juste après la naissance d'Ambre. Ce serait une avancée extraordinaire dans l'histoire de la médecine !

Le professeur Castor a déjà nommé cette planète « Argentière », parce qu'elle est constituée d'un métal céleste comparable à l'argent.

Argentière se trouve trop loin de la Terre pour être explorée depuis là-bas ; la base spatiale d'Edenos, plus proche, facilitera les travaux d'exploration du professeur.

La voix électronique reprend : « Veuillez suivre les instructions pour atterrissage dans le cratère du Bol de Jade. »

– Où est ce cratère parmi tous les autres ? s'affole Ambre en scrutant l'écran.

Son père la regarde d'un air sévère.

– Ne panique pas, fais fonctionner ton cerveau !

Le logiciel poursuit : « 2 degrés à l'est, 3 degrés au nord, 5 degrés à l'ouest, 1 degré au sud. »

– J'ai compris, s'écrie Ambre. Ce sont des coordonnées spatiales ! Attention, ça va tanguer !

Tourne vite la page
et repère où se trouve
le cratère du Bol de jade.
Aide-toi des indications données
par le logiciel.

VOUS ÊTES ICI
N
O
E
S

L'atterrissage se déroule sans encombre, et bientôt, Ambre et son père respirent un air vif à la sortie de leur vaisseau ; l'atmosphère développée par la base de recherches permet d'habiter la planète Edenos dans les mêmes conditions de lumière et de confort que la Terre.

Ce 3 mars 2540 est un jour historique pour Ambre ! Tandis que le professeur Castor est accueilli par ses nouveaux collègues, Ambre a la surprise de voir un garçon de son âge se faufiler vers elle.

– Bonjour Ambre. Je m'appelle Gabin. Mes parents sont les responsables logistiques de la station.

Voyant l'air perplexe d'Ambre, il précise avec un sourire :

– C'est grâce à eux qu'on a de quoi manger.

– Ah ! Je vois.

– Veux-tu que je te fasse visiter la planète pendant le cocktail d'accueil des adultes ?

Quelques minutes plus tard, les enfants marchent dans un décor constitué de sable fin, de roches et de buissons fleuris au milieu desquels coule un ruisseau limpide : l'eau ne manque pas sur Edenos.

– C'est magnifique, s'exclame Ambre. Mais à quoi servent ces clôtures là-bas ?

Elle désigne des poteaux plantés dans le sol et reliés par des cordes.

– Ce ne sont pas des clôtures, mais des cordes auxquelles on pourrait s'accrocher en cas de problème majeur.

– Quel problème ?

– L'atmosphère est artificielle, ici. S'il y avait une panne, l'apesanteur envahirait la planète ; nous n'aurions plus que ces lignes de vie pour nous retenir. Il y a souvent des exercices, tu t'y habitueras. C'est même plutôt amusant.

– Ah... murmure Ambre avec une certaine appréhension.

Quelques pas plus loin, un détail étrange lui change les idées. Des symboles sont tracés sur le sable.

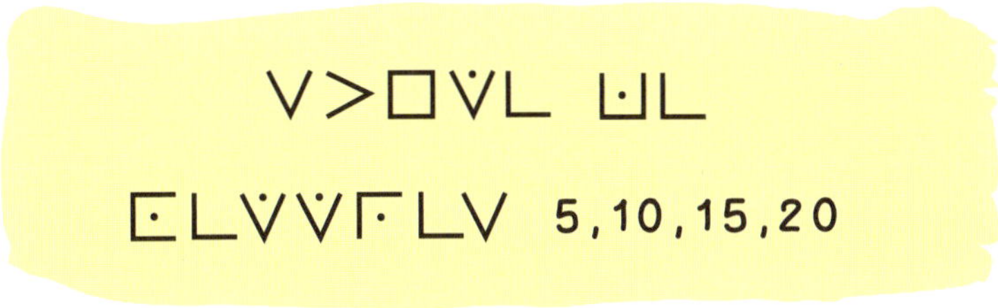

– Qu'est-ce que ça veut dire, ça ? demande Ambre.

– Je ne sais pas, s'étonne Gabin.

Il sort une tablette de sa poche.

– Je prends une photo. Je demanderai à la base.

Il sourit et ajoute :

– C'est toi qui as apporté ce joli animal ?

– Lequel ?

– Celui qui nous suit depuis tout à l'heure ! Je l'ai vu bondir du vaisseau après votre atterrissage.

Ambre se retourne et aperçoit derrière eux une gracieuse petite bête aux oreilles pointues et au museau retroussé.

– Oh, un bandicoot ! s'extasie-t-elle.

– Je n'ai jamais entendu ce nom...

– C'est un rongeur du désert australien. Notre vaisseau a décollé de là-bas. J'ai vu plusieurs bandicoots jouer autour de la rampe de lancement au moment où j'embarquais... Voilà pourquoi j'entendais des grattements pendant le voyage ! Ce fripon s'est caché dans l'appareil.

Nullement effarouché, le bandicoot tapote un rocher en fixant Gabin et Ambre des yeux comme pour leur dire : « Venez voir ! »

Intriguée, Ambre revient sur ses pas et découvre une minuscule caméra oubliée sur la roche. À l'instant où elle effleure l'écran, une drôle d'image apparaît.

Gabin fronce les sourcils, concentré.

– On dirait un code. Chaque lettre de l'alphabet correspond à un signe...

Il sort sa tablette et recherche la photo de l'inscription. Les deux nouveaux amis rivalisent de vitesse pour déchiffrer les symboles.

– « Suite de lettres » ? Ce message ne rime à rien, constate Gabin, déçu.

– 5, 10, 15, 20 : il s'agit bien d'une suite !

– Oui, mais de nombres, grommelle Gabin en prenant une photo du code.

– Je me demande aussi à quoi correspondent ces empreintes de pas sur le sable. Elles semblent plus larges que celles d'un homme...

Gabin s'interrompt car l'écran de sa tablette se fige un instant avant d'afficher un bref message aux lettres tordues et inversées.

Ambre a gardé dans sa poche le miroir dont elle s'est servie pendant six mois pour mener ses enquêtes policières imaginaires ; elle s'en saisit et lit les mots sur l'écran.

DÉFAILLANCE GÉNÉRALE DES RÉSEAUX - PANNE SYSTÈME ATMOSPHÈRE

À peine Ambre a-t-elle fini de déchiffrer le message que le paysage s'assombrit subitement : l'atmosphère d'Edenos a disparu, faisant place au vide intersidéral ! Des milliards d'étoiles scintillent dans les ténèbres. Gabin, Ambre et Fripon se sentent soulevés de terre. Ils sont en apesanteur !

CHAPITRE 2

L'enlèvement

Effrayée, Ambre pousse un cri. Fripon, lui, s'accroche à sa jambe ! Heureusement, Gabin, qui sait quoi faire en cas d'alerte, attrape Ambre d'une main et saisit une corde de l'autre. L'absence d'air respirable leur laisse une minute pour gagner en apnée un module pressurisé. Il y en a trois dans le secteur, et les trajets pour s'y rendre sont balisés par des flèches phosphorescentes au sol.

En étudiant le paysage, Gabin constate que l'un des abris est plus loin que les autres, et sur les deux plus proches, un seul est accessible !

Trouve le bon chemin pour aider Ambre et Gabin à rejoindre le module pressurisé !

Gabin emprunte le seul itinéraire praticable, celui qui longe une ligne de vie. Les voici bientôt à l'abri dans un module, un petit engin conçu pour pouvoir décoller en cas de besoin.

– Ouf, soupire Gabin en reprenant haleine dans cet air respirable. Appelons la station.

Le module est équipé d'un téléphone offrant une liaison directe avec la base de recherches. Gabin l'active en un clin d'œil. Un bruit de lutte sort du micro, et une voix outrée s'écrie :

– Gredins !

– C'est papa ! s'écrie Ambre.

– Attends. J'essaie de brancher l'image, murmure Gabin.

Hélas ! sur l'écran, tout est noir, même si l'on distingue trois silhouettes floues luisant dans l'obscurité comme si elles étaient en verre. Elles sont en train de maîtriser un homme qui se débat. Ces silhouettes androïdes sont silencieuses comme peuvent l'être des robots, mais sur le ventre de l'une d'elles s'affiche une inscription qui rappelle quelque chose aux enfants ! Vite, ils consultent la grille de déchiffrage que Gabin a photographiée.

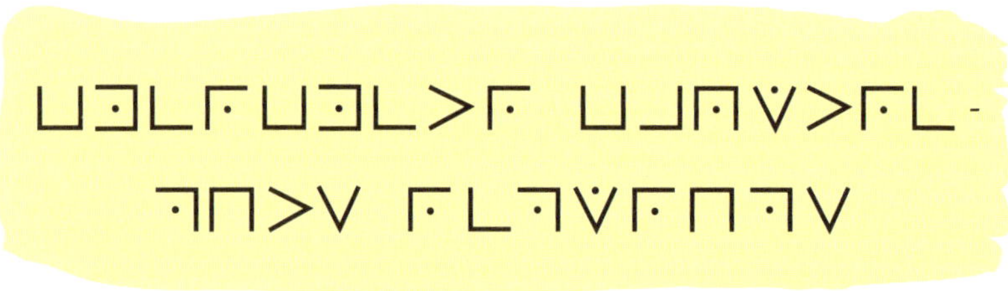

Ce message alarmant est suivi de coordonnées spatiales. Gabin a la présence d'esprit de les enregistrer dans le logiciel du module. En effet, les kidnappeurs s'esquivent déjà, et bientôt une détonation retentit.

– C'est le bruit d'une fusée en pleine propulsion, dit Gabin. Ils sont partis !

– Il faut aller à la base, implore Ambre. Chercher du secours pour délivrer papa !

– Hé, Fripon, ne marche pas là-dessus ! s'écrie Gabin.

Le bandicoot vient de bondir sur l'écran du tableau de bord, qui affiche encore les coordonnées GPS entrées par Gabin. Ses pattes cliquent sur un bouton vert portant la mention « Confirmer décollage vers cette destination », et soudain, une langue de feu enveloppe le module. Le voici catapulté à travers les astres vers une destination mystérieuse !

Ambre dit sobrement :

– Au cas où on aurait hésité à partir au secours de mon père, Fripon a accéléré la décision...

– C'était la meilleure chose à faire, commente Gabin.

Il se penche sur l'écran qui affiche un nouveau message : « Voulez-vous passer en pilotage automatique ? Oui – Non. »

– Évidemment que oui, souffle Gabin. Je ne sais pas piloter cet engin moi-même.

Il clique sur « oui » et un message s'affiche :

VÉRIFICATION ANTIPIRATAGE :
ÉNONCER LE NOM DE LA GALAXIE LA
PLUS PROCHE DE LA VOIE LACTÉE.

La question est facile ; l'astronomie est l'une des matières principales du programme scolaire. On apprend dès l'âge de six ans le nom de trente galaxies, grâce à une comptine que tous les enfants connaissent.

– La galaxie du Grand Chien, articulent Gabin et Ambre en même temps.

Une sorte de ronronnement se fait alors entendre : le logiciel du module s'est autoprogrammé pour tenir son cap.

Quelques minutes plus tard, l'écran affiche une question : « Passer à la vitesse maximale de Mach 10 ? »

– Affirmatif, répond Gabin à voix haute.

Une consigne s'affiche alors : « Pour confirmer votre demande, glisser le doigt sur la suite de 4 étoiles bleues, 3 étoiles jaunes, 2 étoiles rouges, 5 étoiles vertes, 3 étoiles orange. »

Toi aussi, passe à la vitesse maximale sans te tromper !

Gabin et Ambre observent l'écran puis, du bout de l'index, Ambre trace l'itinéraire correct.

Des nuées d'étincelles fusent du dessous de l'appareil, éclairant le hublot. Gabin, Ambre et Fripon sont plaqués sur leurs sièges. En allumant la caméra arrière, ils observent Edenos rapetisser à une vitesse hallucinante, jusqu'à n'être qu'un point insignifiant à l'horizon, invisible parmi les myriades de corps célestes. Non sans inquiétude, Gabin dit à Ambre :

– En avant, pour sauver ton père !

CHAPITRE 3

Accueillis à coups de missiles

Les paramètres de navigation du module spatial affichent 2 heures, 35 minutes et 47 secondes jusqu'à sa mystérieuse destination. Pour tuer le temps les voyageurs décident de s'occuper l'esprit utilement.

– Dans tous les modules refuges comme celui-ci, on trouve des combinaisons spatiales qui permettent de respirer dehors, explique Gabin. Ce serait bien de les enfiler avant d'arriver.

– Le problème, réplique Ambre, c'est qu'il n'y en aura pas à la taille de Fripon...

– Et le deuxième problème, c'est que je ne sais pas où elles sont rangées, maugrée Gabin.

Il interroge le moteur de recherche du bord :

– Où sont les combinaisons de survie ?

La réponse est immédiate :

– On dirait un rébus, s'étonne Ambre.

– Oui. Ces modules ont été construits à une époque où les chercheurs d'Edenos ont découvert que l'un d'entre eux faisait de l'espionnage industriel pour son pays. Comme il ne parlait pas français, des rébus ont été conçus dans notre langue pour l'empêcher de voler du matériel précieux ; ils n'ont aucun sens dans une autre langue.

Tout en parlant, Gabin tâtonne à la recherche d'un placard intégré, dont il finit par trouver la porte coulissante. Deux combinaisons spatiales sont pliées à l'intérieur d'une housse constituée du même tissu.

– Il suffirait de découper les bouts des jambes et des manches, trop longues pour nous ; ça permettrait de couvrir les pattes de Fripon. Et on pourrait utiliser la housse pour lui habiller le corps...

– Excellente idée, approuve Gabin. J'ai l'arme parfaite pour ce genre de bricolage...

Il sort de sa poche un canif multifonction :

– Il comporte un rayon laser découpant et un rayon à souder, explique-t-il.

Un jet de lumière rouge sort du canif. Gabin découpe soigneusement le bas des jambes des combinaisons ; l'étoffe cède avec un léger grésillement. Il découpe aussi quatre trous au centre de la housse...

Est-ce qu'il y a bien tous les éléments nécessaires pour protéger le bandicoot ? Toi aussi, vérifie si la combinaison de Fripon est complète.

Ambre s'exclame :

– On peut aussi lui mettre un casque et lui souder des moufles !

Gabin utilise son rayon à souder pour assembler les pièces de la combinaison. Ambre oblige le bandicoot à l'enfiler. Récalcitrant, l'animal se met à couiner lorsqu'elle lui enfonce le casque sur le crâne.

– Je sais, ça t'aplatit les oreilles, sourit Gabin, compatissant. Mais c'est une question de survie !

Gabin jette un coup d'œil au compte à rebours. Le temps est passé vite : arrivée prévue dans 10 minutes 54 secondes !

– Il est temps d'enfiler nos propres combinaisons, dit-il.

À peine sont-ils habillés qu'un message se met à clignoter sur l'ordinateur de bord :

– C'était à prévoir, s'exclame Gabin, préoccupé. Les radars de notre destination mystère ont dû repérer notre approche ! Ils établissent le contact.

Ambre hoche la tête. C'est le moment de faire fonctionner son cerveau, comme dirait son père.

– Ce code bizarre qu'on a découvert sur Edenos est celui des ravisseurs de papa. Donc le message sur la suite de lettres provient d'eux. Si c'était un indice pour découvrir le mot de passe ?

– Trop beau pour être vrai, murmure Gabin en cherchant la photo sur sa tablette. Il était écrit : « Suite de lettres 5, 10, 15, 20. »

– Il faut taper « 25 », suggère Ambre, joignant le geste à la parole.

Elle clique sur « Valider. » Un message s'affiche : « Mot de passe invalide. » Aussitôt, une lueur de mauvais augure illumine le noir de l'espace.

– On nous tire dessus ! s'écrie Gabin.

Un missile arrive comme une comète sur leur module. Une violente secousse indique que le bas de la capsule a été touché. Ouvrant la trappe qui donne sur les circuits de l'engin, Gabin aperçoit de la fumée.

– Est-ce que tout va prendre feu ? s'alarme Ambre.

Gabin se saisit d'un extincteur vitrifiant. Il dégoupille la manette et actionne le pistolet. Le feu s'éteint aussitôt ; le produit vitrifiant durcit, couvrant les parois internes d'une couche isolante.

Cette surface réfléchissante reflète un voyant qui s'est allumé dans les profondeurs de l'appareil :

BOUCLIER THERMIQUE ENDOMMAGÉ

– C'est grave ? interroge Ambre.

– Seulement si on doit entrer dans une atmosphère ; le bouclier thermique permet alors de ne pas brûler. Mais je crois qu'on a des problèmes plus immédiats à gérer...

En effet, un deuxième missile fonce vers le module. Il frôle sa cible et disparaît dans les abîmes de l'espace.

– Il faut blinder le hublot ! C'est lui notre point faible, murmure Gabin.

Il s'approche de la fenêtre ronde. Un boîtier se trouve en dessous, qui contient un dispositif de bandes de couleur. Sur l'écran, une consigne s'affiche par intermittence : « Pour blinder hublot, compléter assemblage. »

Vite, complète l'assemblage
pour blinder le hublot !

– Il manque une pièce, s'affole Gabin.

– Non ! répond Ambre. Elle a glissé sous la patte de Fripon !

Elle récupère le morceau et achève l'assemblage. Un déclic se fait entendre ; le hublot est obscurci par un bouclier blindé. Il était temps : une lueur aveuglante fleurit dans les ténèbres et un choc ébranle l'habitacle. Fripon bondit dans les bras d'Ambre ; heureusement, le module s'est déjà stabilisé.

– Il était moins une. Le missile a percuté le blindage, s'écrie Gabin.

CHAPITRE 4

Une mystérieuse station spatiale

– Si on ne veut pas finir pulvérisés dans les étoiles, dit Gabin, il faut trouver ce maudit mot de passe.

Il reprend la photo de l'inscription trouvée sur Edenos. Ambre se penche dessus aussi, et s'exclame :

– S'il suffisait de taper les lettres numérotées 5, 10, 15 et 20 de l'alphabet ?

Les enfants se récitent l'alphabet chacun leur tour, et Gabin compose « EJOT » sur le clavier de l'ordinateur de bord.

Un message rassurant s'affiche en vert : « Mot de passe valide. »

– Ouf, soupire Ambre.

– Attends, nous ne sommes pas tirés d'affaire, tempère Gabin. « On » nous attend sûrement là-bas...

Un nouveau message succède au premier sur l'écran :

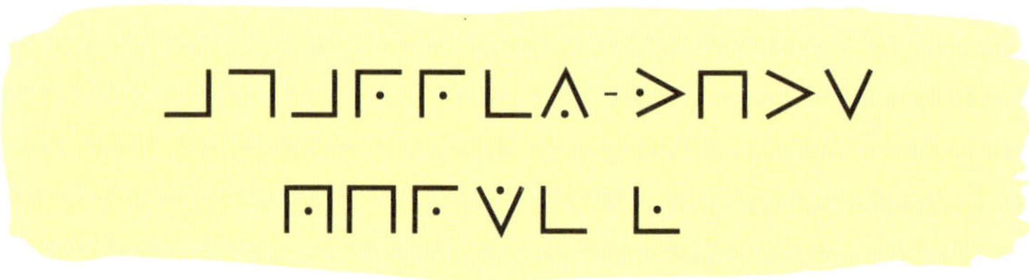

Les enfants se regardent, perplexes. Le hublot étant désormais blindé, ils ne voient plus l'extérieur : nul moyen de deviner à quoi peut ressembler ce lieu d'amarrage !

Gabin compose sur le navigateur de bord : « Recherche porte F. »

La réponse est énigmatique : « Porte pentagonale sous panneau à six compartiments à droite de la parabole surmontée d'une triple antenne. »

– Super-indication, murmure Ambre consternée.

– Attends, j'ai une idée, s'exclame Gabin. Tous ces modules refuges d'Edenos sont équipés d'un périscope.

Il pose la question à l'ordinateur :

– Où est le périscope ?

La réponse s'affiche sous forme de rébus :

– Voyons, où est ce bouton rouge et orange ? s'interroge Gabin à mi-voix.

– Ici ! s'exclame Ambre en désignant un cube bicolore de la taille d'un dé, à l'extrémité du tableau de bord.

– Bravo !

À peine presse-t-elle le bouton qu'une image apparaît à l'écran : un périscope vient de se dresser à l'extérieur, et il filme un paysage saisissant.

Regarde vite l'écran. Est-ce que tu vois la porte F ?

Ambre repère la porte F et demande à Gabin de vérifier qu'elle ne se trompe pas.

– Non, tu as raison, conclut son ami. Mais ce serait imprudent de nous amarrer à cette porte. Nos hôtes sont malveillants. Il faut déjouer leurs calculs.

– Euh... si on désobéit à la consigne, ils s'en rendront vite compte !

Gabin se penche sur l'ordinateur.

– Je programme l'amarrage, mais puisque nous avons pris la précaution d'enfiler nos combinaisons spatiales, c'est le moment de nous en servir.

– Tu sais s'il y a un câble de survie, ici, pour nous assurer une sortie en sécurité ? demande Ambre.

– Bien sûr, répond Gabin. Il est toujours rangé dans le coffret au-dessus de la porte.

Gabin achève de programmer l'amarrage, puis il rejoint Ambre qui a déjà ouvert le coffret, dans lequel se trouve un câble souple composé de trois filins tressés. L'extrémité de ce câble est équipée d'une tête chercheuse. Il suffit de viser un objectif, même approximativement, et le câble se catapulte vers le lieu le plus adapté pour s'y arrimer au moyen d'un harpon.

Les enfants s'accrochent au câble à l'aide de mousquetons. Ils y attachent également Fripon, malgré la résistance de celui-ci, qui n'apprécie pas d'être mis en laisse. Puis ils ouvrent la porte du module et Gabin lance le câble à l'opposé de la porte F…

Les voici reliés à la station spatiale inconnue. Gabin tire d'un coup sec sur le câble pour vérifier qu'il tient, et c'est le grand saut dans le vide. Les enfants voient leur module s'éloigner d'eux pour se diriger vers la fameuse porte F. À peine s'y est-il amarré qu'une déflagration se produit : il a explosé ! L'astuce des deux amis les a sauvés ! Fripon s'agite dans sa combinaison et pousse des petits cris, mais heureusement, le vide spatial ne propage pas les ondes sonores. Car il vaut mieux s'approcher dans la plus grande discrétion !

Hélas ! le choc de l'explosion a abîmé le câble de survie : ses trois filins se sont dissociés et chacun se trouve arrimé à un endroit différent de la station spatiale ! Lequel choisir pour accéder à l'intérieur ?

Aide Ambre et Gabin à trouver le bon chemin !
Attention aux caméras !

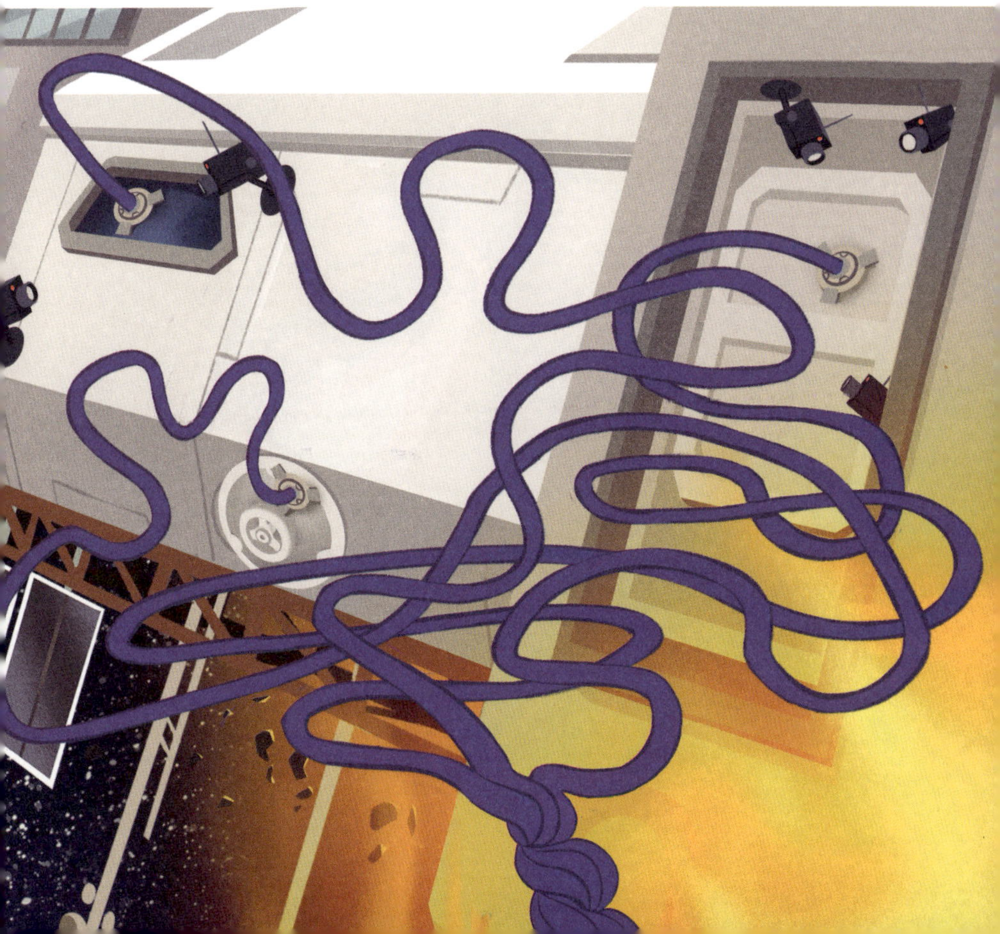

« Il faut éviter les ouvertures surveillées par des caméras », pense Ambre. Elle l'explique par gestes à Gabin. Il lève un pouce pour signifier qu'il est d'accord, et tous deux avancent le long du câble pour se rapprocher de l'ouverture la moins surveillée. Les deux enfants ne sont pas très rassurés, pourtant, un instant plus tard, ils s'introduisent sans encombre dans un petit sas désert. Mais il faut attendre qu'il soit purgé du vide spatial et qu'un air respirable le remplisse. Les enfants patientent sous un écran qui indique la teneur croissante en oxygène. Trente, quarante, cinquante secondes s'écoulent… Comme c'est long d'attendre dans l'angoisse de ce qui va se passer ensuite ! Fripon furète partout, inquiet. En le suivant des yeux, Ambre détecte un message qui clignote de l'autre côté de la porte du sas, à l'intérieur du vaisseau spatial :

INTRUSION D'ÉTRANGERS
DANS LE SAS K

Mieux vaut quitter ce sas avant d'être piégés ! Ambre tente de forcer la porte. Malheureusement, celle-ci reste encore bloquée pendant vingt précieuses secondes, jusqu'à ce que l'écran affiche cent pour cent d'air respirable. Alors seulement, le panneau cède.

CHAPITRE 5

Pris dans la toile !

Ambre, Gabin et Fripon pénètrent dans une pièce circulaire éclairée par des spots de lumière vive. Une grande console avec des écrans de contrôle occupe le fond de la salle, et des étagères tapissent les murs.

Mais les enfants n'ont guère le loisir d'examiner cet environnement : une porte jusque-là invisible coulisse soudain dans un léger sifflement et une sentinelle surgit dans la pièce.

C'est un robot androïde de grande taille, mais constitué de Plexiglas translucide. Les enfants reconnaissent en lui l'une des silhouettes qui ont capturé le professeur Castor, et ses pieds immenses correspondent aux empreintes qu'ils ont découvertes sur le sable d'Edenos...

Le robot dégaine un pistolet et tire. L'arme projette des rayons qui jaillissent en spirales vers les enfants, formant autour d'eux une toile pareille à celle d'une araignée !

Gabin se saisit de son canif pour tenter de déchirer les filaments. Hélas ! son rayon laser se brise dessus !

Le robot, qui s'est figé comme une statue, se contente de fixer des yeux ses prisonniers neutralisés.

Après avoir longuement tenté de secouer la toile translucide, Gabin et Ambre, consternés d'être réduits à l'impuissance, scrutent la pièce à la recherche d'une idée salvatrice. Malheureusement, tout est hors de leur portée.

– On est fichu ! gémit Gabin.

Ambre repère soudain un objet insolite dans ce décor hyper-technologique.

Et toi ?

As-tu remarqué cet objet insolite ?

Ambre connaît cette statuette car il y a la même chez elle, sur Terre : c'est une reproduction en miniature du *Penseur*, une œuvre du sculpteur français Auguste Rodin, qui date du XIXe siècle. Lorsqu'elle était petite, son père lui a expliqué : « Ce qui me fascine chez ce penseur qui a plus de six cents ans, c'est qu'il représente l'humain de toujours. L'humain qui réfléchit, qui est capable de contempler et de rêver. Fais attention à cette statuette, c'est un ami qui me l'a donnée ; j'y tiens. »

Ce souvenir fugitif effleure Ambre, mais elle l'oublie vite parce qu'elle sent Fripon se ramasser sur lui-même à ses pieds. Puis ses pattes se tendent comme des ressorts, et il se propulse à travers les filaments pour bondir sur le robot ! Déstabilisé par cette minuscule créature que son programme informatique n'identifie pas, le garde lâche son pistolet. Fripon l'attrape entre ses dents et court le donner à Gabin à travers les filaments !

Gabin arrose copieusement le robot, qui se trouve à son tour emberlificoté derrière une toile. Il a beau se débattre, lui non plus ne peut rien pour briser les fils.

– Bien joué, s'exclame Ambre en caressant la tête de Fripon.

Gabin examine le pistolet. Un trousseau de clés y est suspendu, mais c'est d'abord un bouton sur la poignée de l'arme qui retient son attention. Une inscription est gravée :

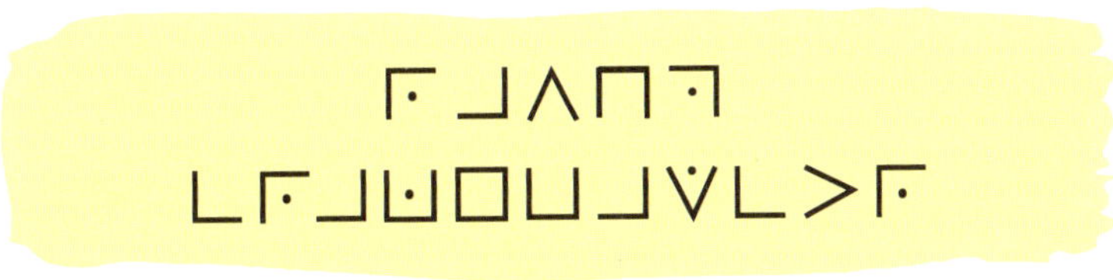

– C'est peut-être une fonction permettant de faire disparaître les filaments ? suggère Ambre.

– Je vais la tester avec prudence, répond Gabin. Elle est à manier avec précaution, à mon avis...

Il vise l'un des fils de leur toile et appuie sur le bouton. En effet, le filament s'efface. Victoire ! Gabin continue à promener le rayon éradicateur le long de la toile. Les enfants sont libres ! Empochant le pistolet, Gabin dit à Ambre :

– Dépêchons-nous de trouver ton père…

Les enfants entraînent Fripon vers le sas d'où a jailli la sentinelle, mais il résiste à leurs efforts. En tentant de le pousser, ils repèrent une serrure électronique.

– Regarde, chuchote Ambre, c'est le dispositif d'ouverture du sas. Cette serrure a un motif symétrique, mais il manque un élément, sans doute pour que seules les personnes autorisées puissent ouvrir. Il est peut-être sur le trousseau du robot ?

Trouve le bon élément pour activer l'ouverture du sas !

La porte coulisse, révélant un ascenseur. Les enfants y pénètrent à la hâte.

– Fripon ! s'exclame Ambre. Entre vite !

Mais le bandicoot reste planté devant l'ascenseur, l'air de dire : « Rien ne me décidera à entrer là-dedans. » Flaire-t-il un danger ? La porte se ferme en un clin d'œil et les enfants se sentent aspirés vers le haut sans maîtriser leur destination. En effet, il n'y a pas de commandes dans cet ascenseur ; seulement une courte devise écrite au-dessus de la tête de Gabin.

PENSER, C'EST ÊTRE LIBRE.

Ambre n'a pas le temps de la désigner à son ami. L'ascenseur fait halte et la porte s'ouvre en silence sur une vaste salle qui doit être le poste de commandement de la station. Équipée de multiples écrans, parcourue de passerelles métalliques, elle est aussi pourvue d'une large baie vitrée donnant sur les étoiles.

À l'autre bout de la pièce, devant un tableau de bord aux centaines de voyants, un siège est occupé. Ambre distingue une abondante touffe de cheveux qui dépasse de l'appuie-tête. Sa couleur est familière, et Ambre devine que c'est son père qui se trouve assis là-bas. Mais... que d'obstacles entre elle et lui !

CHAPITRE 6

Le piège se referme

Cinq robots en Plexiglas se trouvent dans la salle à l'instant où l'ascenseur s'ouvre. Quatre d'entre eux tournent le dos aux enfants, penchés sur divers appareils informatiques. Le cinquième est de profil, à côté du fauteuil où est assis le professeur Castor ; sa posture figée indique qu'il surveille le prisonnier.

Dès la sortie de l'ascenseur, Gabin prend Ambre par la main et l'attire derrière une sorte de portique en métal qui camoufle provisoirement leur présence.

À présent, que faire ? Les enfants hésitent sur la conduite à tenir lorsqu'un message codé s'affiche sur un écran géant proche de la baie vitrée :

Une alarme se déclenche au bout de quelques secondes, car les robots n'ont pas levé la tête, et une voix furieuse vocifère dans un micro :

– Pollux aux androplex. Vite, gros malins, tous après ce rat !

Les « androplex », puisque tel est leur nom, se mettent en mouvement, sauf celui qui est posté à côté du père d'Ambre. La voix reprend :

– Androplex n° 3 ! J'ai dit « tous ». Notre prisonnier se passera provisoirement de ta surveillance.

Branle-bas général. Les cinq androplex empruntent les passerelles et les escaliers pour quitter le poste de commandement. Aucun d'entre eux ne traverse la salle en direction de l'ascenseur, au grand soulagement des enfants !

Gabin et Ambre sont certains que cette alerte est causée par Fripon, dont la présence a été détectée quelque part. Faut-il tenter quelque chose pour lui ? Ambre ne le pense pas : le bandicoot a su rester caché pendant ses six mois de voyage depuis la Terre. Il faut avoir foi en sa débrouillardise ! À présent que le poste de commandement s'est vidé de manière inespérée, elle n'a plus qu'une idée en tête : foncer vers son père !

Elle avance de trois pas prudents. La salle est bel et bien désertée par l'ennemi ! Ambre va s'élancer lorsque Gabin l'attrape par le coude. Il montre du doigt un message qui défile sur une petite bande rouge tracée au sol, devant eux…

ACCÈS PROTÉGÉ. COMPOSER DERNIER MOT DEVISE.

La bande passe du rouge au noir, et se transforme en écran tactile.

– Quelle devise ? s'affole Gabin.

– Je crois savoir ! chuchote Ambre. Celle de l'ascenseur !

Elle compose l'adjectif « libre ». Aussitôt, une consigne apparaît sur l'écran tout en longueur :

« Contourner les trous noirs en évitant les côtés avec des ondes, sous peine d'être aspiré. »

Ce n'est qu'à ce moment-là que les enfants remarquent des petits orifices noirs dispersés sur le sol de la grande salle. Sont-ils profonds ? Impossible de le deviner. En tout cas, ils sont bordés par des lignes courbes parallèles qui n'en font pas le tour complet.

– C'est pour nous faire peur, commente Ambre. Comment veux-tu être aspiré par des trous aussi minuscules ?

Elle ôte son gant et, dans un geste de défi, le lance sur le trou le plus proche. Le gant est instantanément gobé par le trou avec un affreux bruit de succion !

Gabin pâlit et murmure :

– Oui, bon, méfions-nous quand même.

Avec mille précautions, ils se mettent en devoir de franchir ces vingt mètres jalonnés d'écueils…

Évite toi aussi les ondes autour des trous noirs pour ne pas finir dans l'espace !

Ambre et Gabin réussissent à atteindre le fauteuil tourné vers la baie vitrée. Le cœur battant, Ambre se penche vers son occupant.

– Papa ! s'exclame-t-elle.

C'est bien le professeur, mais il n'est pas dans son état normal, et l'appel de sa fille ne le détourne même pas de sa contemplation des étoiles : les yeux rivés à l'espace, il semble guetter l'horizon ! Au mouvement des étoiles qui défilent autour de la baie vitrée, les enfants constatent que la station spatiale, immobile lors de leur arrivée, est en mouvement.

– On avance très vite, dit Gabin. Je me demande où on va !

– Papa, papa, réveille-toi, supplie Ambre en secouant son père.

Gabin examine le prisonnier.

– C'est à cause du casque qu'il porte. J'en ai déjà entendu parler à Edenos. Il ressemble à une couronne et il est équipé de plusieurs capteurs tout autour du crâne.

– Et alors ? demande Ambre, pressante.

– On m'a dit que ton père était en train de faire des recherches sur une planète inconnue ?

– Oui, c'est vrai.

– Est-ce qu'il sait déjà où elle se trouve dans l'espace ?

– Je crois, oui, s'exclame Ambre. Mais c'est un secret. Il m'a expliqué que cette planète pouvait intéresser des gens mal intentionnés et...

Elle se tait, frappée par l'évidence. Gabin hoche la tête et montre du doigt un fil reliant le casque à l'ordinateur de bord.

– Ce casque permet d'établir un flux entre le cerveau humain et une machine. Ton père est relié au système de navigation. C'est lui qui donne le cap sans le vouloir. Nous nous dirigeons sans doute vers cette fameuse planète dont il connaît les coordonnées.

Ambre pose les deux mains sur les épaules de son père.

– Papa ! Papa ! insiste-t-elle.

– Ça ne sert à rien, il faut s'y prendre autrement, dit Gabin. Ce fil est à double circulation. Dans un sens, ton père reçoit des petites impulsions en continu, qui ne lui font aucun mal mais le maintiennent dans un état second et l'empêchent de réagir à ce qu'on lui fait. Dans l'autre sens, il renseigne l'ordinateur sur l'itinéraire à suivre.

– Alors quelle est la solution ? implore Ambre.

Gabin est déjà penché sur le tableau de bord, dont il explore les nombreux écrans. Soudain, un gant attire son attention, là où se trouvait le robot qui surveillait le prisonnier.

L'androplex a dû l'oublier, pressé d'obéir à la voix hargneuse qui l'appelait. C'est un gant spécial : l'extrémité de chaque doigt est recouverte d'une empreinte digitale différente. Juste à côté, il y a une tablette informatique dont Gabin effleure l'écran. Une double proposition apparaît...

À ton avis,
quelle empreinte digitale
est la bonne ?

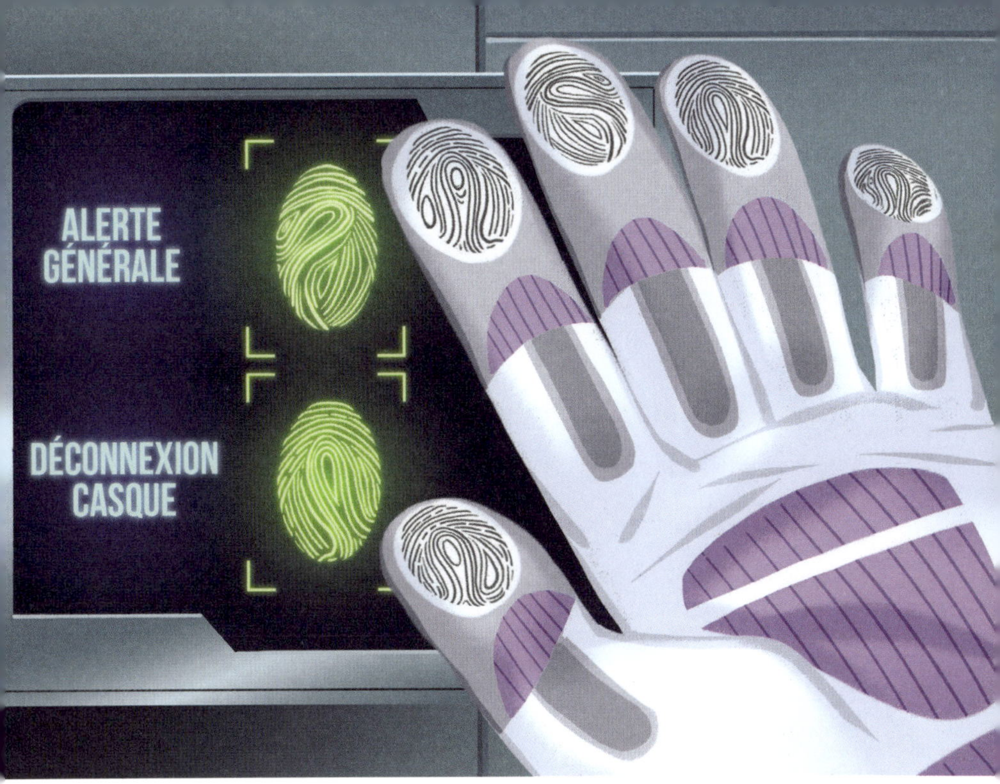

Gabin et Ambre prennent le temps d'observer les différentes empreintes digitales ; pas question de se tromper et de donner l'alerte générale ! Lorsqu'ils sont parvenus à une quasi-certitude, Gabin enfile le gant et pose délicatement l'annulaire sur l'empreinte qui permet de déconnecter la machine. Le professeur fronce aussitôt les sourcils.

– Ambre, qu'est-ce qui se passe ? Où sommes-nous ?

Il dévisage Gabin.

– Je t'ai déjà aperçu, toi... Ah oui ! nous sommes sur Edenos ?

Ambre s'apprête à tout lui expliquer quand des bruits inquiétants résonnent dans le poste de commandement. Les androplex sont de retour ! À la vue des enfants, ils émettent des sons stridents, semblables à des alarmes antivol, et dégainent chacun une arme !

CHAPITRE 7

L'ultime traîtrise

Gabin saisit dans sa poche le pistolet pris à la sentinelle, mais les robots ont déjà eu le temps de tirer. Dans un tintement de verre brisé, quelques objets partent en fumée à droite et à gauche des enfants et du professeur, qui heureusement sont indemnes.

Les androplex s'élancent. Gabin met en joue un robot qui descend un escalier métallique ; il allume le rayon éradicateur et le braque sur l'adversaire, qui s'efface. Les autres androplex se précipitent à travers la pièce, négligeant, dans leur hâte, de contourner les trous noirs. Les quatre robots se font aspirer par le vide et disparaissent dans des profondeurs insoupçonnées !

Gabin, Ambre et son père restent tétanisés pendant une fraction de seconde avant de pousser un soupir de soulagement. Mais l'ascenseur s'ouvre alors, livrant passage à un homme. Le professeur Castor change de couleur et murmure :

– Pollux !

Pollux sort de l'ascenseur et fait un pas de côté pour se placer sous le portique métallique où Gabin et Ambre avaient trouvé refuge à leur arrivée dans la salle de contrôle.

Il appuie sur un bouton et de puissants faisceaux lasers l'enveloppent et tourbillonnent, formant autour de lui une armure faite de rayons de lumière. Il ressemble à un hologramme. Un message s'affiche brièvement sur le torse de cette armure :

ATTENTION - BUG CINQUIÈME
ÉTOILE SCORPION = DÉFAUT

Ce message absurde disparaît dès que l'homme quitte le portique. L'armure, en revanche, lui colle désormais au corps.

– Ha, ha, ha ! Mon cher Castor. Comme je suis content de te retrouver ! Tu me manquais.

Il se tourne vers Gabin et tire sur l'arme que le garçon tient toujours à la main. Le pistolet pris à l'androplex est pulvérisé.

– Soyons sérieux, reprend Pollux, narquois. Entre amis, on ne se menace pas. Savez-vous, les enfants, que votre père est mon meilleur ami, perdu de vue depuis quinze ans ? C'est même à lui que je dois ce pseudonyme, « Pollux ». Castor et Pollux sont deux étoiles jumelles de la constellation des Gémeaux. Je suppose que vous êtes au courant.

Le professeur commence d'une voix tremblante :

– Pollux, que... ?

Il est interrompu par des dizaines de voyants rouges qui se mettent à clignoter sur le tableau de bord. Un message s'affiche sur le plus grand écran :

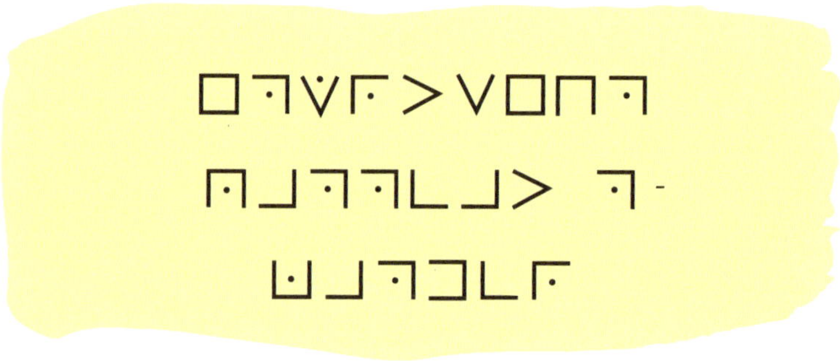

– C'est ce maudit rat ! glapit Pollux.

Quel soulagement pour Gabin et Ambre de comprendre que Fripon est sain et sauf malgré la poursuite dont il a été l'objet !

– Quel rat ? demande le professeur, sincèrement surpris.

– Depuis l'arrivée des gamins, il y a un rat qui nous nargue, ici. Ils ont dû l'apporter dans ce module... Un rat dans une station spatiale, c'est le risque numéro 1 !

– Pourquoi ? demande Gabin.

– Parce que s'il ronge les circuits de la station, tout le système peut devenir incontrôlable ! hurle Pollux.

– Ce n'est pas un rat, s'exclame Ambre, mais un bandicoot. Et lui aussi a fait un long voyage pour arriver jusqu'ici. Nous pouvons essayer de le débusquer.

– À condition que vous ne touchiez pas au professeur Castor dans l'intervalle, ajoute Gabin.

– Très bien, répond Pollux, satisfait que les enfants s'occupent du « rat » à sa place. Allez-y. On ne bouge pas en vous attendant, c'est promis. Je vous fais confiance et vous pouvez compter sur ma parole.

Il désigne un escalier en colimaçon :

– Grimpez là et sortez par la porte que vous trouverez sur votre droite. D'après les détecteurs, le rat est à droite du double câble vert, caché dans une boucle du câble blanc.

– Comment est-il arrivé là ? s'étonne Gabin.

– Mes robots le traquaient. Il se sera glissé dans un câble d'antenne qui traverse les sas. Ce qui m'étonne, c'est qu'il trouve à respirer dehors...

Les enfants quittent le poste sans expliquer que le « rat » porte une combinaison. Ils ont hâte de secourir Fripon, mais entendent ne pas laisser le professeur seul trop longtemps avec cet individu malfaisant ! Dans le sas de sortie, avant de remettre le casque de sa combinaison spatiale, Ambre murmure :

– Pollux n'a sans doute plus aucun androplex valide à sa disposition, d'où le fait qu'il ait accepté notre aide. C'est une bonne nouvelle.

Gabin hoche la tête tout en passant la corde de sécurité dans les mousquetons de leurs combinaisons. Un instant plus tard, les deux amis se retrouvent dans l'espace. Quel paysage fascinant !

Derrière la station spatiale brille Argentière. L'énorme planète possède une queue gazeuse, semblable à celle d'une comète. Elle est entourée d'un bel anneau translucide autour duquel flottent de petits satellites de pierre argentée. Cette vision est magnifique, mais il faut retrouver Fripon !

Et toi,
sais-tu où se cache le bandicoot ?

Gabin attrape Fripon par les lanières de sa combinaison et fait demi-tour vers la porte où l'attend Ambre. Ils s'apprêtent à y entrer lorsqu'une flamme jaillit des tréfonds de la station spatiale.

– Le traître ! Il redémarre ! hurle Gabin.

Le vide avale le son de sa voix, mais Ambre a compris. Elle se rue sur la porte. Celle-ci s'est refermée brutalement !

Gabin saisit son canif dans l'espoir de percer la cloison avec son rayon laser. Hélas ! le rayon est trop faible vu l'épaisseur du blindage. Au même moment, Ambre porte la main à son casque.

– Quoi ? demande Gabin, alarmé. Je t'ai fait mal ?

La question n'arrive pas aux oreilles de son amie, mais elle lui montre une minuscule météorite argentée qu'elle tient à la main. Le corps céleste a frôlé son casque !

Par réflexe, elle cogne sur la porte verrouillée avec l'extrémité pointue de la météorite. Le blindage se troue instantanément, la météorite s'y enfonçant comme dans du beurre ! Galvanisés par cette découverte inespérée, les enfants ont vite fait de pratiquer une ouverture assez large pour s'y faufiler ; et les voici dans le sas avec Fripon. Sans hésiter, Ambre découpe aussi la seconde porte.

– Le vide va pénétrer plus loin, murmure Gabin.

– Je sais, mais tu connais un autre moyen ? La porte ne se déverrouillera pas toute seule, puisque la première est trouée.

– C'est vrai, admet Gabin. Il va falloir compter sur les cloisons de sécurité.

Dans n'importe quel vaisseau spatial, toutes les coursives sont équipées de portes de secours aussi étanches que possible. Gabin et Ambre en repèrent deux en redescendant ; ils les ferment en espérant qu'elles seront vraiment hermétiques.

Dans la salle de contrôle, ils découvrent le professeur et Pollux en train de se battre. Le père d'Ambre a compris que son ancien ami avait redémarré la station, et il s'est jeté sur lui. Mais le combat est inégal, l'armure lumineuse de Pollux le rendant invincible ! À l'arrivée des enfants, le père d'Ambre est acculé contre un mur. D'une voix vibrante de colère, il interpelle Pollux :

– Comment as-tu pu oublier notre amitié à ce point ?

Pollux ricane :

– C'est vrai, je me sens très peu Gémeaux désormais. Je me suis métamorphosé en Scorpion. La preuve !

Sur son armure s'allument des étoiles représentant une constellation...

Gabin et Ambre se remémorent le message étrange au sujet du scorpion... Chacun dénombre fébrilement les étoiles, mais Gabin part de la queue, alors qu'Ambre commence à l'autre extrémité. Qui a raison ? Dans quel sens compter ?

Et toi ?
As-tu localisé l'étoile défectueuse ?
Souviens-toi,
c'est la cinquième sur le Scorpion !

Gabin dégaine son canif et darde un rayon laser sur ce qu'il estime être la cinquième étoile. Ambre est soulagée car c'est aussi sa conclusion ! Aussitôt, la cuirasse se fendille, s'obscurcit et finit par s'éteindre. Toutefois, l'infâme Pollux vise Gabin avec son arme.

CHAPITRE 8

Engin de combat, fusée de survie

– Ne tirez pas, crie Ambre en brandissant la météorite d'argent qu'elle tient toujours à la main. Cette arme a troué une porte blindée ; ne m'obligez pas à la lancer sur vous !

Surpris, Pollux tourne les yeux vers elle. Fripon profite de cette diversion pour bondir sur l'ennemi et le mordre à la cheville. Pollux pousse un cri de douleur et décoche un rayon sur le bandicoot, mais la douleur lui fait manquer sa cible, et le rayon frappe son orteil, ce qui le fait hurler encore plus fort. Pendant ce temps, le professeur Castor s'est jeté sur lui et le désarme. Pris d'un malaise, le blessé s'évanouit !

– Quel douillet, s'exclame Gabin. Tout ça à cause d'un orteil !

Mais Ambre regarde son père, qui semble respirer difficilement.

– Papa n'a pas l'air bien non plus… Que se passe-t-il ?

Gabin se rue vers le tableau de bord où un écran s'est mis à clignoter :

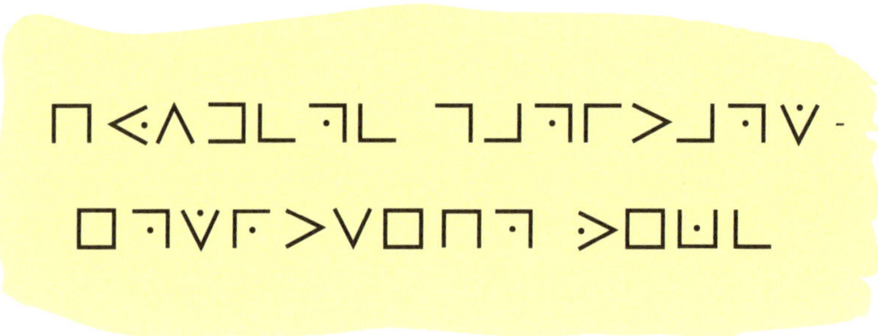

– Les portes de secours ne fonctionnent pas ! s'écrie-t-il. Nos combinaisons nous protègent, mais ton père et Pollux manquent d'air !

De fait, l'apesanteur est en train de s'installer dans la pièce : Fripon s'envole, et le blessé est soulevé du sol. Ce serait cocasse de le voir planer… s'il ne fallait pas trouver très vite une solution. Gabin analyse en vain le tableau de bord, et Ambre explore le poste à la recherche de combinaisons spatiales. La station se met à tanguer et une dizaine de sirènes d'alarme se déclenchent !

– C'est grave, murmure le professeur, le souffle court. Ce fichu vaisseau spatial fait naufrage et nous sommes piégés à l'intérieur...

– Il y a sûrement un moyen de nous libérer, murmure Gabin, les poings crispés.

– « Penser, c'est être libre », s'exclame soudain Ambre, les yeux écarquillés.

– Pardon ?

– La devise de l'ascenseur... *Le Penseur* de Rodin...

– Quoi ? demande Gabin, persuadé que son amie divague.

– Venez vite ! Descendons au sas par lequel on est entrés ! Il faut retrouver cette statuette. C'est la même que chez nous, papa ! Pollux y a peut-être dissimulé un indice sur une issue de secours !

– Tu rêves, soupire son père.

– Mais non, papa ! J'essaie de faire fonctionner mon cerveau !

Une minute plus tard, les enfants aident le professeur à sortir de l'ascenseur, puis ils en extraient Pollux, toujours inconscient. Le chercheur a insisté pour emmener son ancien ami. Ambre est fière de la grandeur d'âme de son père.

L'androplex qui les avait piégés est toujours prisonnier de sa toile, mais il s'est affaissé, immobile. Un message est affiché sur sa tablette ventrale :

UNE ERREUR DE TYPE F-A-T-A-L
EST SURVENUE. COMPOSER CODE
SURVIE @RODIN*1880BNIOT

– Est-ce qu'il est mort ? s'inquiète Gabin.

– Ne t'en fais pas, répond le professeur, c'est une machine. Une machine s'éteint ; elle ne meurt pas. En revanche, ce « Code Survie » peut nous être utile, à nous les humains. Retenons-le par cœur. 1880, c'est l'année où Auguste Rodin a créé *Le Penseur*. Les dernières lettres sont plus difficiles à retenir...

En voyant Fripon planer en apesanteur au-dessus de l'androplex, Gabin est traversé par une idée soudaine ; ces lettres sont celles qui composent le terme « bandicoot », à condition d'en sauter une sur deux. Si ce code permet vraiment de tous les sauver, Fripon aura été d'une aide précieuse sans le savoir !

Ambre se rue sur la statuette. Son père s'est tu, soucieux de s'économiser dans l'air raréfié... La situation ne cesse de se dégrader de minute en minute : la station spatiale tangue comme un navire en pleine tempête...

Ambre soulève la figurine, qui se déclipse de l'étagère. Son intuition était juste : un bouton apparaît sous le socle. Ambre appuie dessus sans hésiter. Une cloison coulisse, révélant une pièce exiguë dans laquelle les enfants découvrent une fusée étincelante de quatre mètres de hauteur.

– Une fusée de combat ! murmure le professeur. C'était une idée folle de Pollux... et la raison de notre brouille ! Il a réussi à créer ce vaisseau avec lequel il prétendait organiser la prise d'Edenos et du centre de recherches.

– Pour l'instant, c'est nous qui allons prendre possession de son engin de mort, décide Ambre. S'il est pressurisé, il va servir de fusée de survie.

La porte du prototype est verrouillée. Un message apparaît sur un écran tactile lorsque les enfants la touchent : « Code Survie ? »

Gabin compose l'enchaînement qu'il a retenu par cœur. Victoire : le panneau d'entrée coulisse ! Les enfants font entrer le père d'Ambre, puis fourrent Pollux à l'intérieur de la fusée, avant de refermer la porte pour conserver l'air pressurisé. Eux restent devant l'engin, car quelques pièces détachées flottent en apesanteur autour de l'appareil. L'assemblage n'a pas été achevé. Il faut les encastrer correctement avant d'espérer décoller !

Aide Ambre et Gabin à reconstituer la fusée pour pouvoir s'échapper !

Ambre et Gabin ont réussi ! Ils entrent à leur tour dans la fusée avec Fripon. Grâce à l'air respirable, le professeur Castor a retrouvé son souffle et ses couleurs. Il a même réussi à ligoter Pollux pour plus de sécurité. Prise d'un scrupule, Ambre lui demande :

– Papa, tu crois qu'il pourrait y avoir d'autres êtres humains à sauver à bord de cette station ? Des complices de Pollux, ou des prisonniers ?

– Non, répond le chercheur. Quand vous êtes sortis récupérer ce joli animal, il m'a appris qu'il vivait seul avec ses androplex.

Gabin s'affaire en vue du lancement de la fusée. Voyant qu'il se débrouille seul pour allumer les écrans et enclencher la procédure, Ambre dit à son père :

– Il fallait que Pollux soit fou pour vivre seul au milieu de machines !

Le professeur hoche la tête.

– Il m'a expliqué avec cynisme que c'était pour s'enrichir encore davantage. Quand tu as des complices, il faut partager le butin et la fortune.

Pollux avait choisi de mener seul ses recherches afin de tout garder pour lui.

– Quelles recherches ?

– Il voulait découvrir cette planète, Argentière, dont j'ai eu le tort de lui parler un jour quand nous étions amis. Il se serait servi de cette formidable réserve d'argent céleste pour construire une énorme flotte de combat. Comme tu as pu le constater, ce métal argenté a des propriétés inouïes qui en feraient une arme de guerre terrifiante.

Une déflagration interrompt ses propos. La fusée décolle ! Elle quitte la station spatiale en déroute et s'élance dans l'espace. Sur les écrans, les enfants voient le repaire de Pollux exploser et se désintégrer en mille morceaux...

– Quel dommage de polluer l'espace ainsi, commente le professeur.

Un gémissement de douleur leur fait tourner la tête. Pollux est en train de revenir à lui.

– J'ai mal au pied...

– On s'en fiche, répond Ambre. Prenez sur vous.

– Mes enfants, dit le professeur, je crois que l'ordinateur de bord sollicite votre attention.

Ambre et Gabin se tournent vers l'écran, qui affiche en effet : « Attente coordonnées destination. »

– Papa, dit Ambre, comment repérer Edenos dans cette immensité ?

Le professeur Castor se penche sur l'écran. Il l'observe attentivement pendant de longues secondes... Parviendra-t-il à repérer Edenos ?

– Au-dessus de la Grande Ourse, dans le prolongement des deux dernières étoiles du manche de sa casserole, il y a un bouquet de neuf planètes ayant un peu la forme d'une coquille Saint-Jacques. Edenos est la plus à droite. Je vous laisse entrer ses coordonnées ?

Toi aussi,
entre les bonnes coordonnées de vol
pour Edenos.

Ambre et Gabin ont rentré les bonnes coordonnées de vol. Le GPS indique 1 heure et 23 minutes de trajet. Le professeur découvre un téléphone dans la cabine.

– Je vais essayer de joindre la base d'Edenos.

Il cherche longuement les ondes, et enfin, Gabin manque de sauter de joie lorsque la voix du contrôleur de la tour résonne enfin dans la fusée :

– Ici la base d'Edenos. J'écoute !

Quel soulagement d'apprendre que le système atmosphérique piraté par les androplex a pu être rétabli sur l'exoplanète, et que tout le monde est sain et sauf là-bas !

– Dites aux parents de Gabin que leur fils va bien et que nous rentrons, conclut le chercheur.

Quelques minutes plus tard, rompu par la fatigue et l'émotion, le père d'Ambre s'est endormi. Fripon aussi, lové sur les genoux d'Ambre. Pollux ronfle également, les traits détendus.

– On dirait qu'il ne souffre plus, chuchote Gabin à Ambre.

Intrigué, il déchausse le criminel. L'orteil de celui-ci a saigné mais la plaie est cicatrisée. Ambre s'exclame à voix basse :

– Si c'étaient des ondes émanant de là ?

Elle désigne la météorite d'argent qu'elle a posée par terre entre ses pieds, à trente centimètres de ceux de Pollux. Gabin écarquille les yeux.

– Quelle découverte médicalement prometteuse, n'est-ce pas ? chuchote Ambre.

Voyant son ami bâiller, elle propose avec un sourire :

– Tu peux faire la sieste si tu veux. Je reste aux commandes.

– Pas question, répond Gabin en se pinçant le bras pour se réveiller. Cette aventure, on l'a vécue ensemble, on la partagera jusqu'au bout !

Il désigne Pollux et ajoute, suspicieux :

– Et même si celui-ci est hors d'état de nuire, il mérite d'être surveillé par quatre yeux !

L'AS-TU VU ?

Quel petit coquin, ce Fripon ! Il s'est glissé dans de nombreuses images ! L'as-tu remarqué ?

Combien de fois apparaît-il dans les illustrations de l'histoire ?

Réponse : il apparaît 7 fois.

MESSAGES À LIRE AVEC UN MIROIR

p. 16 : Défaillance générale des réseaux - panne système atmosphère

p. 21 : Vérification antipiratage : énoncer le nom de la galaxie la plus proche de la Voie lactée

p. 31 : Bouclier thermique endommagé

p. 42 : Intrusion d'étrangers dans le sas K

p. 51 : Penser, c'est être libre.

p. 55 : Accès protégé. Composer dernier mot devise.

p. 64 : Attention - bug cinquième étoile Scorpion = défaut

p. 78 : Une erreur de type F-A-T-A-L est survenue. Composer code survie @RODIN*1880BNIOT

MESSAGES CODÉS

p. 13 : Suite de lettres 5, 10, 15, 20

p. 20 : Chercheur capturé. Nous rentrons

p. 26 : Plat – quart – cou – lit – 100 = placard coulissant

p. 29 : Mot de passe SVP

p. 36 : Amarrez-vous porte F

p. 37 : Bout – thon – roue – jeu – haie – orange = bouton rouge et orange

p. 49 : Rayon éradicateur

p. 54 : Alerte rat

p. 66 : Intrusion panneau N – Danger

p. 76 : Oxygène manquant – intrusion vide

RÉPONSES AUX JEUX

p. 9-10 :

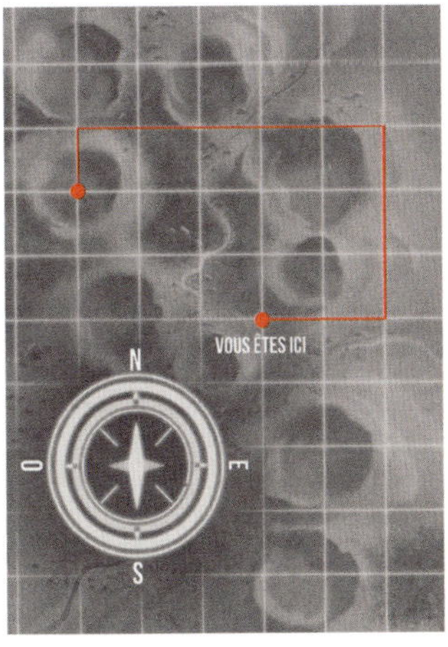

p. 17-18

p. 22–23 :

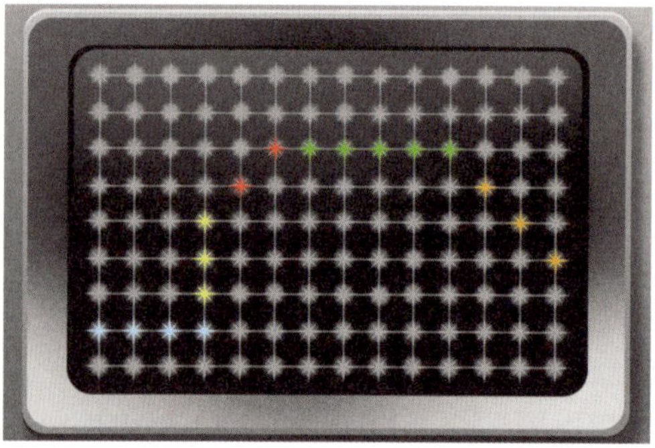

p. 27–28 :

p. 32 :

p. 37–38 :

p. 41 :

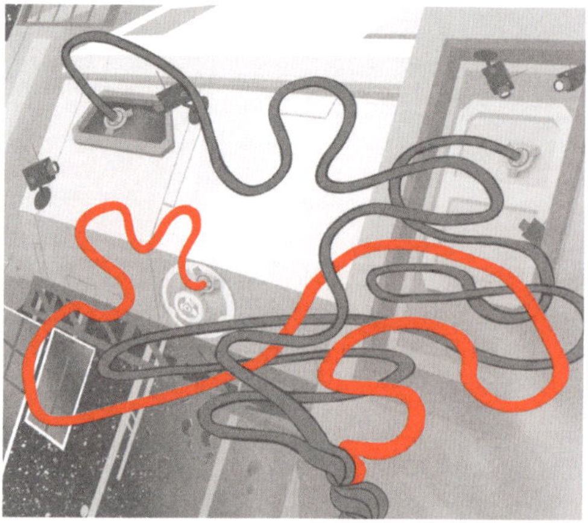

p. 46-47 : L'objet insolite est une reproduction du *Penseur*, du sculpteur Auguste Rodin.

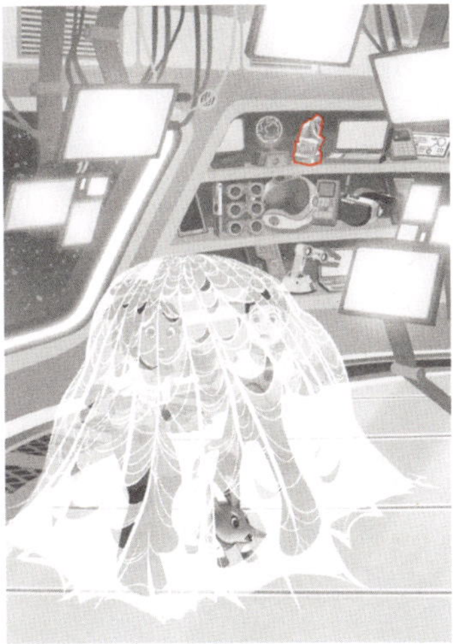

p. 50 :

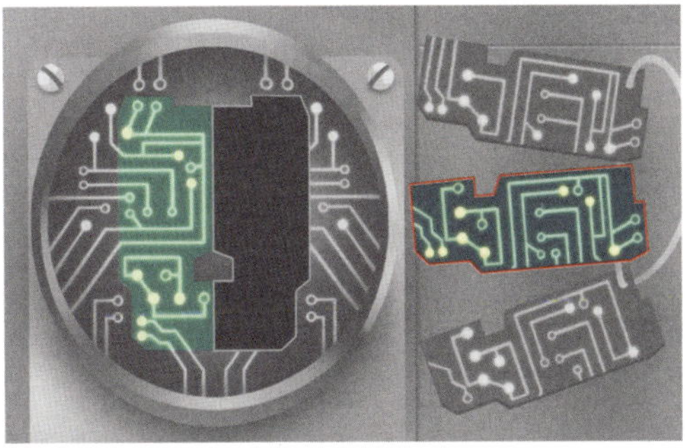

p. 56-57 :

p. 60-61 :

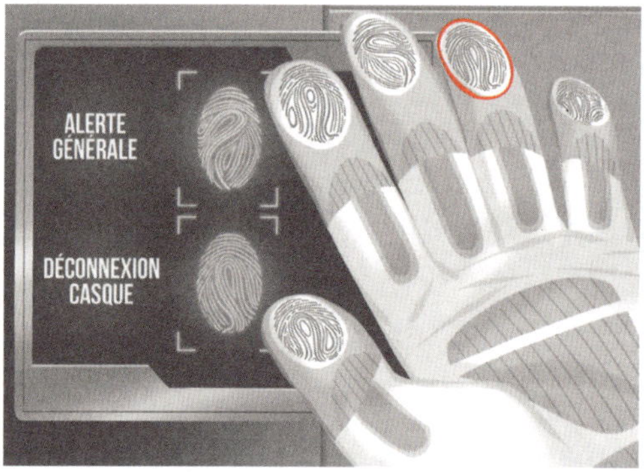

p. 68-69 :

p. 72-73 : Que tu partes de la tête ou de la queue du scorpion, la cinquième étoile est la même.

p. 80-81 :

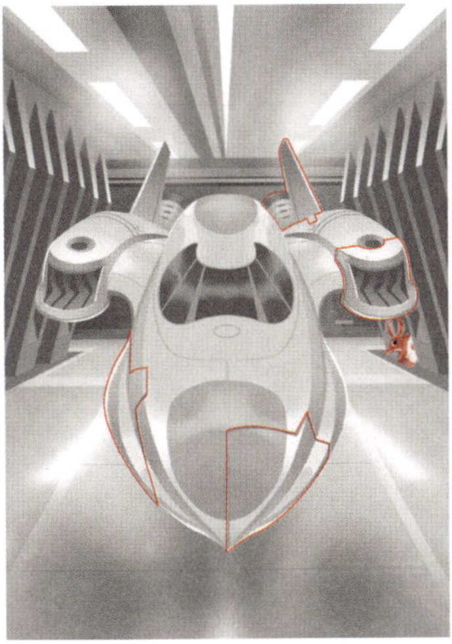

p. 84-85 :

Les coordonnées à rentrer sont J17.

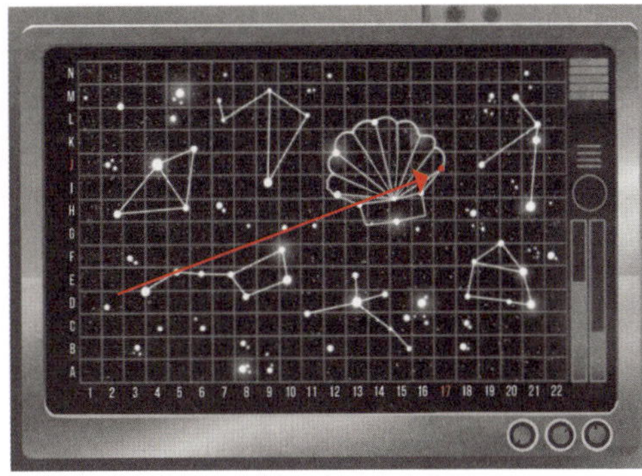

Certifié PEFC

Ce produit est issu de
forêts gérées durablement
et de sources contrôlées

PEFC

PEFC/46-31-13

www.pefc.ro

Dépôt légal : juin 2023
Achevé d'imprimer en mai 2023 par Rotolito Romania en Roumanie.
N° d'édition : J23091

Cet ouvrage est imprimé grâce à des encres à base d'huile végétale,
garantissant la démarche de développement durable de l'éditeur
et de l'imprimeur.

Dans la collection

MÈNE TON ENQUÊTE

À l'Opéra de Paris

Au château de Versailles

Espions et Compagnie

Au cinéma hanté

Menace sur le Louvre

Chez les dieux grecs